Norbert LLORCA

Préludes

Les Presses du Midi

Du même auteur aux Presses du Midi :

Seuls sur l'île verte

Louanges et Réflexions (poésie)

Florilège (poésie)

À paraître :

Nuit de noces à Porquerolles

Impression PDM

---

121 avenue d'Orient - 83100 Toulon
Tel. : 04 94 16 90 20 - Fax : 04 94 16 90 29
Dépôt légal novembre 2001
ISBN : 2-87867-348-4

« La poésie sera de la raison chantée, voilà sa destinée pour longtemps ; elle sera philosophique, religieuse, politique, sociale, comme les époques que le genre humain va traverser ; elle sera intime surtout, personnelle, méditative et grave… Ce sera l'homme lui-même, et non plus son image. »

Lamartine - Le Voyage en Orient

Présence

Un jour nouveau se lève
Sur un ciel bleu et doux.
Loin de toi ma mie, je rêve
Et ne pense qu'à nous.
Ton absence m'apparaît
Plus grande aujourd'hui.
Notre amour séparé,
Plus fort, s'introduit.
Qu'importe où je suis,
Qu'importe le temps,
Toutes les minutes je te suis,
Même si cela dure longtemps.
Avec toi je m'endors,
Avec toi je m'éveille,
La nuit, c'est un rêve d'or,
Le jour, n'est que merveille.
Partout je te sens,
Où que j'aille tu es là, toi,
Tu m'es entrée dans le sang,
Et rien ne détourne ma foi.
Je suis seul loin de toi,
Mais toujours plus près
Car mon cœur en émoi,
Jamais ne s'en distrait.

Rêve insensé

Par une nuit triste
Je songe à mon avenir.
Dans ce rêve, j'insiste
Sur des images à venir.
J'essaie, par ce moyen,
De voir le paradis
Ce coin que je veux mien.
Avec des idées hardies
Jc m'cfforce pour réfléchir.
De quoi sera fait demain ?
Mais j'ai beau ne pas fléchir
Mes rêves restent inhumains.
Pourtant, mon corps entier
Suit un long voyage,
Prenant la vie par quartier
Je vis un grand mirage
Qui, hélas ! au réveil
Me glace de froideur.
En larmes je m'éveille,
Mon corps est en sueur
Ouvrant les yeux sur la réalité,
Je sombre dans le néant.
Et je demande à Dieu pitié
Pour l'avoir trahi en rêvant.

Solitude

Un jour est passé
Seul, loin de toi,
Avec mes idées insensées
Et mon âme en émoi.
Pourquoi la nature
Si belle où je suis
Me semble triste et dure ?
Avec moi aujourd'hui
Moi qui l'aime tant
Je me trouve désolé.
Et je n'entends son chant
Car je suis isolé.
Alors, que sera cette nuit
Que je sens pleine d'écueils
Car seul ton accueil
Peut vaincre mon ennui.
Que suis-je sans toi
Toi, qui m'as tout donné ?
Telle une limace sans toit
Je suis abandonné.

Handicap

De la joie et des peines
J’en tire mon parti.
Et j’arrive sans peine
À vivre sans soucis.
Mais tu es là, toi, réalité,
Et mes rêves chimères
S’envolent en fumée
Quand me réveille ma mère.
Il me faut attendre,
Une autre nuit peut-être
Pour me détendre,
Et rêver au bien-être.
Oui mais voilà,
Aujourd’hui encore,
Il me faut par là
Traîner mon corps,
Ce corps que j’aurais voulu
Avoir de par nature
Bien bâti et poilu.
Comme tous, bien sûr.
Mais hélas, Dieu n’a pas
Voulu que j’hérite
Et me déshérite.
C'était ça ou le trépas.
Aussi j’attends avec foi
Qu’arrive vite le soir,
Pour dans mon lit parfois,
Rêver à un autre moi.

Le Tour de France

Les lions du tour de France,
Quand ils enfourchent leur machine,
Ils savent nous mettre en transe.
En les voyant courber l'échine,
Qu'ils soient petits ou grands,
Sur la ligne tous égaux,
Ils savent se mettre en rang
Et sourire à leurs rivaux.
Anxieux, crispés, mais gonflés,
Au départ, quelle merveille !
Ils attendent le coup de sifflet,
Qui fera que le tour s'éveille.
Sur la route des plaines
Ils s'en vont à fond de train.
Sur les machines, ces humains
Font corps avec leurs reines.
Mais déjà, là-bas, la montagne
Fait crisper tous les visages,
Et debout, ils montent avec hargne,
Car elle fait bien des ravages.
Du premier au dernier ils vont
Sur les pédales, ils sont en boule
Comme des grands, ils arriveront
Faisant éclater la foule.
Émotion plein leur visage
À l'arrivée ils font alliance,
Car ce sont de grands sages
Les lions du tour de France.

La Provence Brûlée

Qu'il est triste maintenant
Ce paysage nu et brûlé,
Par l'insouciance des gens
Ou de névroses acculées.
Quand je regarde les bois
De notre belle Provence,
Avec les bêtes aux abois
Surprises de notre présence,
Je vois le gibier apeuré
S'enfuir dans la forêt,
Courir au feu, désemparé,
Cherchant à atteindre l'orée.
Hélas, toutes nos contrées
Si belles et verdoyantes,
Ne voient plus folâtrer
Que la mort flamboyante.
Ainsi quand tout sera
Calciné, brûlé, aride,
Le paysage alors aura
Le reflet de l'Atlantide,
Plus rien ne pourra
Sauver notre misère,
Il est temps, gens de là,
De protéger notre terre.

L'Exemple

Dans ce calme enchanteur,
Loin des villes et du bruit
Je marche d'un air rêveur.
Seule est en alerte, l'ouïe.
En percevant la nature
Par ce jour de pluie,
C'est oublier, bien sûr
D'où je viens, qui je suis…
C'est pénétrer dans un
Monde toujours nouveau,
Où l'on semble importun
Tellement tout est beau.
Vivre dans ce paysage
En écoutant les oiseaux
Blottis dans le feuillage
Qui trempe dans le ruisseau,
C'est admirer en sage
L'exemple qu'ils nous donnent,
Et subir avec courage
Les lendemains qui tonnent…

Seul

Seul, dans cette chambre nue,
Seul au milieu d'inconnus.
Seul, dans ce coin du monde,
Seul à toi je songe.
Seul pour ne pas faiblir,
Seul avec nos souvenirs.
Seul, je ne pense qu'à écrire
Seul pour ne pas défaillir.
Seul, depuis longtemps déjà,
Seul depuis mes premiers pas.
Seul, lorsque j'étais soldat
Seul je me sens las.
Seul, il m'a fallu toujours
Seul lutter nuit et jour.
Seul, pour sauver notre amour,
Seul je parle de nous.
Seul pour ne pas haïr,
Seul pour ne plus souffrir,
Seul, pour ne pas mourir.

Principe

Ce mot que je vous cite, délaissé très longtemps,
À travers tous les rites, les saisons et les temps,
Aujourd'hui l'évolution le remet en surface.
Parmi toutes les nations, on retrouve sa face.
C'est toujours à bon escient, parfois ce que l'on croit,
Qui rend les gens inconscients (pauvres innocentes proies).
Pour la beauté du geste, dans des révolutions,
On fait périr le reste, pour nourrir ses passions.
Depuis des millénaires, toujours le même décor.
On en voit qui s'affairent bien trop souvent à tort,
Se protégeant eux-mêmes, sacrifiant les autres,
Ils font du mot suprême, un faux prêche d'apôtre.
Ainsi le vrai principe
Issu des convictions,
Par amour participe
À toute libation…

Amour de Printemps

Gais, gais sont les pinsons
Et les bergeronnettes,
Qui de leurs voix fluettes
Nous créent une chanson.
Dès que vient le printemps,
Ils font leur apparition,
Leurs mélodies sans partition
Envahissent les champs,
Dans les arbres au doux feuillage
Ils préparent leurs nids,
Donnant une note au paysage
Et aux cœurs, l'envie ;
Car c'est le moment des amours :
En volant, ils s'embrassent,
De leurs ailes ils s'entourent,
Et leurs becs s'entrelacent,
Sans pour autant se détourner
De leur travail à faire ;
Ils construisent un nid douillet
Pour abriter la future mère.
Quand tout est terminé,
Que les enfants ont grandi
Ils s'en vont sans se retourner,
Car le printemps est fini !
Mais moi qui les connais,
Je sais que leurs enfants
Feront comme eux ont fait,
Quand reviendra le printemps.

Nature

Dame nature
Que tu es belle !...
Avec ta verdure,
Que tu es réelle !...
Tu illumines les champs
De tes couleurs chatoyantes,
Et quand vient le printemps
Toute vie est ardente :
Les oiseaux, dans les branches,
Et le chien dans sa niche,
Les poules chamarrées ou blanches,
Le chant des cigales, si riche.
Tu relègues au loin
Le progrès de ce monde,
Car tu es le témoin
De la sagesse profonde.
Combien dans leurs villes,
T'en oublient, toi, si douce,
Et ne voient que le vil
En vivant sur le pouce !
Dame nature,
Rappelle l'ivresse
De ta parure
À leur détresse,
Et dis-leur oh ! combien
Ils seraient plus sages,
S'ils croyaient au bien
De Dieu à tout âge !...

Individualisme

Avec tristesse, je revis
Toutes ces années passées,
Lesquelles, aujourd'hui finissent
Tous mes rêves insensés !
Oui ! enfant, je voyais
L'avenir avec sérénité.
Sous l'idéologie, je ployais
En croyant à la fraternité.
Tout gamin, je garais
Ensemble études et idées ;
Dans la rue, je me bagarrais
Avec un air bien décidé ;
Plus tard, à la guerre j'allai,
Il va de soi, contre mon gré,
Et dans les plaines j'errai
Pour que les êtres m'agréent.
Après le service, je fus
Responsable d'un mouvement ;
En atelier, je fis tel raffut
Qu'on me renvoya prestement.
À présent, en être averti,
Seul, sans famille, je vis.
Délaissé, même par le parti,
Mais qu'importe… lorsque l'on survit !

Veuve Joyeuse

Cette pauvresse dans ces haillons
Qui la couvrent de misère,
Traîne ses pieds, en un sillon
Dont l'empreinte grave la terre.
Ceux qui l'ont connue, peuvent
Savoir qu'il fut un temps,
Où, charmante dame veuve
Rien ne lui résistait longtemps.
Entraînée dans sa folle vie
Par un monde luxueux,
N'ayant plus aucun souci :
Ne pensant qu'aux amoureux,
Happant la vie à pleines mains
Changeant les nuits en jours,
Laissant un amant tous les matins,
Buvant jusqu'à la lie l'amour.
Dans cette vie tumultueuse,
Où rien ne pouvait l'effrayer,
Cette dame, alors peu vertueuse,
Devait un jour le payer.
Cette vieille que vous croisez,
Aujourd'hui si mal vêtue,
Mérite-t-elle de la pitié?
Est-ce elle qui l'a voulu?

Printemps

C'est le printemps
Cette fois, c'est arrivé.
Les hirondelles sont dans les champs
Par dix, par cent, par milliers
Elles vont, viennent,
Formant une ronde.
Venant de tous les coins du monde,
Elles envahissent les plaines.
Elles ne connaissent
Ni progrès, ni lois.
Elles s'accouplent, naissent
Et batifolent durant des mois.
Précurseurs de l'été,
Elles rasent les champs
De froment et de blé.
C'est le printemps !
Voir leur premier vol
C'est oublier pour un instant,
Le labeur et les soucis constants
D'une évolution folle.
C'est oublier mon chagrin
Qui renaîtra demain.
Mais c'est surtout laisser
Mon cœur parler.
C'est oublier, insensé,
Que demain, c'est l'hiver,
Mais c'est surtout penser
Qu'il fait bon sur terre.

L'an 3000

Que sera-t-il ce même jour
Quand nous serons en l'an trois mille?
Peut-être aurons-nous l'amour,
Par des robots avec des tilts.
Aurons-nous tous des lendemains,
Programmés à ne plus rien dire?
Et les amants, main dans la main,
Se regarderont sans sourire…
Oui, les "je t'aime" d'aujourd'hui
Seront égarés pour toujours,
Les serments clamés sous le gui
Resteront froids et sans amour.
Ces Androïdes que nous créerons
Remplaceront nos descendances,
Et tout fiers nous les montrerons
Avec un air de complaisance.
Ainsi, quand le vaste univers
Sera rempli de ces êtres,
Toute vie cessera sur terre,
Car ils en deviendront les maîtres.

Aimons-nous les uns les autres
Dans un élan de charité,
Balayons les faux apôtres
Pour que vive l'humanité…

Évolution

Pour le temps qui est court,
Car rien n'a plus cours,
Pour la vie qui s'écoule
Et le monde qui se défoule,
Pour l'univers à l'envers
Qui marche de travers,
Pour qui dit non aujourd'hui
Et demain peut-être oui,
Pour l'érotisme d'apparence
Qui met les jeunes en transe,
Pour le livre qui a plu,
Et l'amour qu'on ne fait plus,
Pour ceux qui se leurrent
Et les mères qui pleurent,
Pour l'art qu'on saccage
Et celui qui fait carnage,
Pour les morts sans guerre
Et celui qui laisse sa terre,
Pour les rêves insensés
En revivant le passé,
Pour ceux qui crient famine
Et dont le visage se mine,
Pour ce mot de liberté
Bien souvent mal usité,
Moi, j'en appelle à tous,
Ayez pitié de nous.
Moi, j'en appelle à nous
Ayons pitié de tous.

Soleil

Par le soleil qui brille
Tout là-haut dans le ciel,
Et par ses rayons qui grillent
Au-dessus des gratte-ciel,
Au-dessus de tous les océans
Et jusqu'au fond des forêts,
Une chaleur bienveillante
Anime les nouveau-nés.
Il a peine, bien des fois,
À percer de ses rayons,
Cette nappe de ouate
Qui couvre notre horizon.
Mais sa chaleur ardente
Sur les coups de midi,
Fait revivre les plantes
De cette terre, le paradis.
Hélas, quand le soir arrive,
Le linceul déjà paraît,
Nous envahit, et nous prive
De ses rayons dorés.
La nuit tombe, il sommeille,
Fatigué de son combat,
Mais demain, au réveil,
Grâce à lui tout revivra.

Mistral

Il est partout tout autour.
Son bruit, fatiguant et lassant,
Pénètre jusque dans les cours,
Faisant grincer portes et passants,
Il enveloppe de poussière
Les visages et la nature.
Il fait tomber les pierres
De ces rochers trop mûrs,
Balayant tout sur son passage,
Faisant plier les grosses tiges,
Il jette un voile au paysage
Donnant aux gens le vertige.
Se moquant de l'heure,
Et profitant du grand silence
La nuit se remplit de frayeur
Obligeant à faire vigilance.
Mais quand le calme renaît,
Que son souffle s'arrête,
Le sourire au visage apparaît
Et l'on est plein de bien-être.

L'appel

Où que tu sois, quoi que tu fasses,
N'oublie jamais, être mortel
Que quoi que tu fasses,
L'humanité a besoin d'un tel.
Un tel, c'est peut-être toi,
Mortel c'est peut-être moi,
Mais nul n'est indifférent
Quand pointe le moment.
Ce moment, personne
Ne le voudrait.
Et, appelé destinée
Il est là, et sonne.

Égalité

Que sommes-nous dans la vie ?
Des êtres qui passent
Comme un météore dans l'infini.
Nous filons vers l'impasse
Avec des bas et des hauts.
Telles les vagues de l'océan,
Nous vivons enveloppés du manteau
De l'être majestueux du néant.
Les rires, les joies, les bons moments
Sont ceux qui règnent le plus souvent.
Les peines, les pleurs, l'angoisse
Ne sont pas pour autant la poisse.
Oui, riches ou pauvres un jour nous partirons,
Nous, humbles mortels nés,
Vers ce qui est notre destinée,
Sans aucune distinction de religion.

Avares

Par ce ciel tout bleu
Qui inonde la plaine
Et par ces peuples heureux
Qui souffrent dans la peine
Aujourd'hui plus que
Jamais ils se taisent,
Ne regardant qu'eux
Et vivant à leur aise.
Ils se bouchent l'oreille
Aux cris des malheureux,
À quoi bon l'oseille, ça ferait trop d'heureux !
Alors, scrutant les cieux,
Ils osent implorer Jésus,
Pour que ces laborieux
Ne soient pas sangsues.
Ignobles individus,
Pour qui jetez-vous l'alarme ?
Vous vous croyez Crésus,
Mais vous êtes en larmes.
Tandis que le brave,
Lui, n'est pas peureux
Il aura son havre,
Et mourra heureux.

Songe d'une nuit

Les étoiles enfin brillent au ciel,
Les nuages, au loin, sont partis,
Les nuits sont toutes pareilles
Les âmes sont à coup sûr, sorties.
Pourtant lorsque je regarde le ciel,
De ma fenêtre, la nuit, je songe
Que sur terre tout est merveille,
Mais hélas il y a le mensonge.
Quand je pense à ceux qui se battent,
Et à ceux qui d'en haut les excitent,
Que je vois ces corps qui s'abattent,
Je me demande si la pitié existe.
Plus personne ne craint le souverain
Qui peut tout, oui, de ses mains,
Faire venir le jour sans lendemain,
Faire cesser le souffle des plus malins.

.../...

…/…

Même cela ne fait plus peur,
Et bien des innocents succombent.
Pour écouter les beaux parleurs
Ils se suivent tous dans la tombe.
Non, ce n'est pas gai d'y penser,
Pourtant, même celui qui revient,
Au loin aura tout laissé,
Pour une terre qui n'est rien.
Alors de ma fenêtre j'implore
Le ciel, pour qu'il soit toujours clair,
Et, du fond des cieux que j'explore,
Une voix vient vers moi, et m'éclaire.
Elle me dit : depuis l'orée du monde
Les êtres n'ont jamais su comprendre
Que si la terre est ronde
C'est pour mieux se répandre…

Le Labour

Le chant des oiseaux au réveil
C'est un jour nouveau qui s'éveille.
L'on voit, là, dans la campagne,
Le paysan qui laisse sa compagne.
Il s'en va avant le lever du soleil,
Car dans ce hameau, la vie n'est pas pareille.
Sa massue, ses pieux et sa hargne,
La charrue et ses bœufs l'accompagnent.
Les oiseaux lui font la ritournelle,
Il fait beau et la vie est belle,
Sur le sentier tout tourbillonne,
D'un air altier il grappillonne.
Il plante ses pieux comme l'a fait son père,
De ses doigts noueux il remue la terre.
Les oiseaux dans le ciel qui brille
Boivent l'eau des rampes qui vrillent.
Car le soleil tout là-haut est venu,
Et sur la treille les grappes sont apparues.
C'est le printemps, la nature crie,
C'est le moment de faire les nids.
Mais bientôt le soir apparaît,
À l'horizon le soleil disparaît,
La journée est finie, le paysan
Rentre chez lui le cœur content.
Les oiseaux qui l'ont accompagné
Dans les roseaux et les châtaigniers,
Comme lui, après une dure journée
Prennent un repos bien mérité.

Jouissance

La vie inlassable demain,
Faite de haut et de bas,
Mais qu'on prend à pleines mains
Pour ne pas tomber bas ;
Les jours se suivent
Nuls ne se ressemblent.
Comme des épisodes à suivre,
Les lendemains tremblent,
Les heures aujourd'hui s'écoulent
De torpeur ou d'action,
Mais, dès demain parfois coulent
Les larmes des passions.
Avec gêne ou audace
Chacun essaye de vivre,
Avant que tout ceci passe.
De chaque instant, ils s'enivrent.
Les bons, remplis d'attention,
Attendent, paisibles, le moment
Où Dieu bénissant leur action,
Les amène au firmament.
Les autres, que rien ne réprouve
Croquent la pomme du méfait,
À chacun ils se prouvent
Que cela est le bienfait.
Mais, pour les uns et les autres,
Tous plus ou moins malins,
La vie continue et dit : croque,
Jusqu'à l'heure du destin.

Désespoir d'un jour

Quand je te vois ainsi, j'ai le cœur serré,
Qu'as-tu oh toi ! ma mie ? je voudrais tant t'aider.
Je te ressens au plus profond de mon être.
Je sais que tu cherches le bien-être.
Ne te désole pas, la vie passe
Tout vient à qui sait attendre,
Sois patiente, ne sois pas lasse,
Le bonheur te retrouvera, toi si tendre.

Tourment

Où suis-je ? Je ne le sais…
Pourtant, j'ai une volonté.
Mais en être blessé
Je n'ai plus de sérénité.
Qu'as-tu fait de moi
Oh ! toi que j'aimais ?
Tu as mis mon âme en émoi,
Elle ne s'en remettra jamais !

Le Remords

Dans les ténèbres humides du cachot
Je me sens venir des rides, qui bientôt
Feront à mon beau visage, un accroc,
Et à ma belle image, un écho.
Je ne sortirai plus vivant, je le sais,
Alors je revis un instant mon passé.
Jc vivais, très jeune homme, le présent.
Tout me convenait, en somme, à l'instant.
J'étais ivre de liberté, et osé.
Je voulais vivre mes nuitées, en user.
Et le tourbillon de la vie, que j'aimais,
M'inspira vices et manies, que j'avais.
Mais ce qui devait arriver, arriva.
Une nuit que j'avais trouvé ma diva,
Un autre me la disputa au couteau.
Étant le plus fort, j'amputai ce barbeau.
Depuis ce jour mémorable du couteau,
Je traîne par là mon râble, plus si beau.
Si je pleure dans ce trou, aujourd'hui
C'est pour vous dire, jeune fou, restez buis.

Les Ruines

Quel âge ont toutes ces ruines?
Si seulement elles pouvaient parler,
Que nous raconteraient-elles ces ruines,
Qui à présent sont écartelées?
Combien d'années ont passé
Qui habitait telle chaumière,
À l'époque je suppose bien racée
Même sans avoir de lumière?
Était-il bourgeois? milord?
Villageois, ou peut-être paysan!
De quoi vivait-il alors?
Des domaines, ou des champs.
Quand je regarde ces ruines,
Je me sens tout repentant,
En recherchant dans leurs mines,
Des images et des rêves d'antan.
Pour être comme ça, j'imagine,
Depuis qu'ils ont disparu
Les gens qui étaient là, je devine,
Regardent des cieux leurs murs nus,
Et pleurent la douce maison
Délaissée par les générations,
Ou détruite, sans aucune raison
Tels les souvenirs d'une nation.

Être sans famille

"Famille" quelle lourde charge
En ton nom tu communiques !
Depuis le premier âge adulte,
Dès que nous sommes deux,
La famille naît, avec l'espoir
Du nouveau-né ; cette naissance,
Puisant dans ce rapport profond,
Va faire que s'agrandisse
Le cercle de parents proches.
Il va rajouter un lien à l'autre,
Et renouer ainsi ce fil d'Ariane
Qui, de loin en loin, rendra
Parents, voisins et amis "Famille".
Pauvre stérilité, qui fait hélas,
De nos jours, pleurer bien des êtres,
Qui se retrouvent sans famille.
Stérilité de parents, non de Foi
Qui, tout au long de sa vie,
Dans une recherche de proches,
L'accompagnera en une errance parentale…
Heureusement que Dieu, avec son
Grand pardon, crée des liens
De rapprochement, où, de lieux en lieux,
Il se retrouvera un jour en "Famille".

Valse d'un temps

Cette valse d'aujourd'hui,
Qui remonte dans le temps
Nous retrouve, et s'enfuit
Quand arrive le moment.
Cette valse aujourd'hui
Fera vibrer bien des cœurs,
Et malgré tous nos ennuis
Nous donnera du bonheur.
Cette valse de nos jours,
Fait revivre le passé
Et sourire à l'amour
De nos deux corps enlacés.
Car la valse, aujourd'hui
Comme hier n'a pas changé,
Et si les années s'enfuient
Elle n'en est pas plus âgée.
Pour nous elle a toujours su
S'envoler dans le monde,
Revenir à notre insu,
Pour reformer la ronde…
Cette ronde qui renaît,
Grâce à elle aujourd'hui
Saura nous faire aimer
Pour des jours et des nuits.

Face à l'immensité du ciel

Oh ! Dieu ; majestueuse est ta voûte céleste,
Toi seul Créateur de toute chose,
Peut, du bout des doigts,
En supporter le poids.
Mais nous, pauvres pêcheurs de ce monde,
Écrasés par cette immensité
Lourde à porter
Pour nos frêles épaules,
Instruis-nous, fais-nous connaître
Le chemin qui mène à ta force.
Apprends-nous le geste sauveur
Qui soulage la lourdeur,
Pour qu'enfin, dignes de toi,
Nous puissions avec ton reste,
Soutenir, remplis de ta foi,
Ta majestueuse voûte céleste.

Dolly

Dolly, Dolly ma jolie
Reviens, reviens-moi vite
Ma vie, ma vie quelle folie
Depuis que tu es partie !
Tu m'as quitté un jour,
Oh là ! là ! quel malheur !
Tu m'as laissé sans amour,
En emportant mon cœur.
Dans les bras d'un inconnu
Un jour tu t'es perdue,
Et comme une bête en rut
Tu n'as plus rien vu ;
Tu es partie loin de moi
En fuyant, te fuyant
Car ton cœur en émoi
Ne voyait que ton amant.
Mais je connais aujourd'hui
Ta tristesse latente,
Ton inconnu s'est enfui,
Te laissant repentante.
Alors, si tu entends ma voix
Dolly, reviens-moi vite,
Car mon cœur en effroi
Veut retrouver son gîte.

Amour, Amour

Mon cœur est une plaie
Qui saigne abondamment.
Depuis que tu m'as quitté
Je suis pris de tourment,
J'avais rêvé d'un amour
Qui ne finirait jamais,
Mais tu n'es restée qu'un jour
Puis tu m'as abandonné.
J'ai cru à ton serment,
J'étais heureux de vivre,
Je t'aimais ardemment
Jusqu'à en être ivre.
Brusquement tu es partie
Laissant mon cœur en deuil,
Par la porte tu es sortie
Sans te retourner sur le seuil.

Je t'aime, je t'aime tant,
Pourquoi es-tu partie ?
Reviens, mon cœur t'attend.
Tu es le baume de ma vie,
Je t'aime, je t'aime tant.
Ne laisse pas mon cœur
Saigner, saigner à blanc…
Et surtout, n'aie pas peur,
Reviens, reviens-moi vite,
Car je t'ai pardonné.
Reviens, reviens-moi vite,
Soigner mon cœur blessé.

Musique

L'amour est une musique,
Que l'on apprend un jour.
L'amour n'a pas de physique
Car il nous prend de court.
Que ce soit dans les villes
Ou bien dans les campagnes,
Qu'on soit vif ou tranquille,
Chacun trouve sa compagne.
Sans aucune différence
De couleur ou bien de classe,
Nous sommes pris d'espérance,
Quand on se trouve face à face.
Le cœur est un métronome
Qui fait battre la mesure,
Que l'on soit femmes ou hommes
Nos gestes deviennent purs.
Ainsi, depuis des millénaires,
Sa musique nous envahit
Et nous sommes sûrs de plaire
Dans n'importe quel pays.
Puis, quand arrive le moment
Tout le monde entre en transes,
Et l'on est pris de tourment
En pensant : ah quelle chance !

La mode Mini

Du haut de ses trois pommes
Elle regarde sa sœur
Qui, nom d'un petit bonhomme,
Ne lui cause plus de frayeur
Car les pommes ont grandi
De nos jours, à toute heure !
Et c'est la grande, pardi,
Qui chipe la jupe de sa sœur.
Car la mode a changé
Le monde est bouleversé,
Les grandes sont en mini,
Les petites en maxi.
Mais tout cela arrange bien des gens.
Oui, cela dérange bien des sens.
Pourtant, il faut bien de nos jours
Poursuivre le chemin de l'amour.
Si toutes les pommes vont par deux,
C'est toute la vie, en somme, des cieux,
Qui fait apparaître pour nos soins,
De quoi se repaître du moins.
Car petites en maxi, ou grandes en mini,
Aiguise l'appétit, et le démon de midi.

Ne sois pas triste

Que tu es malheureux,
Quand tu penses à l'amour.
Tu souffres et te fais vieux
Tu en mourras un jour.
Ne te fais pas de soucis
Qu'importe la vie d'ici !
En haut c'est le paradis
Oh ! oui, Oh ! oui, je te le dis.
Alors qu'importe si
L'être élu est parti,
Peut-être est-ce mieux ainsi,
Dis-lui adieu et merci.
Allons, que diable, réveille-toi,
Regarde vivre la nature,
Elle n'a ni vice ni aventures,
Allez, souris, ne sois pas triste.
Ne pleure plus, sèche tes larmes.
Prends la vie comme elle existe,
Surtout, n'en fais pas un drame.

Serment

Comme l'oiseau dans son nid
Qui s'éveille à la vie,
Comme les prés et les champs
Qui s'éveillent au printemps,
Comme l'herbe et les fleurs
Se remplissent de couleurs,
Un amour sans pareil
Entre nous deux s'éveille…
Comme toutcs lcs chenilles
Qui tombent des pins,
Et qui vont en famille
Marchant vers leur destin,
Comme les sages fourmis
Qui aux premiers beaux jours
Creusent en terre leurs nids
Pour cacher leurs amours,
Moi, j'ai pris tes lèvres,
Je t'ai prise dans mes bras,
Et mon corps tout en fièvre
Toi seule l'éteindras.
Même si le mauvais temps
Fait suite au printemps,
Notre amour pour longtemps
Gardera son serment.

Puissance de la Nature

Aujourd'hui c'est la mi-novembre,
Le temps est maussade.
De ma fenêtre j'aperçois la mer
Qui, depuis le matin, s'agite,
De plus en plus forte,
Et martèle, de ses vagues, la falaise,
Comme pour la punir de l'empêcher d'aller plus loin,
Plus profondément à l'intérieur des terres.
Aurait-elle seulement la force
De pénétrer plus avant ?
Ce n'est ni l'Atlantique, ni le Pacifique,
Encore moins l'Océan Indien !...
Mais c'est notre mer !
Je n'aime pas la voir en colère,
Elle est si belle
Quand elle est calme et sereine.
En elle se reflètent mille éclats,
Le ciel est confondu sur l'horizon qui s'efface...
J'ai l'impression de voir un bassin devant moi
Où je pourrais, sans crainte,
Aller vers elle, en elle,
Au plus profond de sa couche,
Sans jamais être en insécurité.

.../...

.../...

La voir ainsi c'est reconnaître
La grandeur de Dieu,
Et sa sagesse
Dans la construction de l'Univers.
Mais voilà, qu'aujourd'hui,
Ses flots sont déchaînés.
Elle appelle la bourrasque à son aide,
Demande la force du vent
Pour faire creuser ses vagues,
Et monter son écume, de rage,
Encore plus haut.
Gare aux imprudents et aux retardataires,
Tant pis pour eux !...
Aujourd'hui c'est son jour de liberté.
Elle prend ses aises, s'agite, va, vient
Dans un fracas assourdissant,
Monte à l'assaut des berges
Pour étaler sa rage,
De toutes ses forces.
Rampant comme un reptile dans les canaux,
Elle fait gonfler les fleuves
Qui trouvant la sortie condamnée,
Remontent vers leurs sources.

.../...

…/…

Et, comme l'eau appelle l'eau,
Le ruissellement des eaux fait déborder les rus,
Qui envahissent les ruisseaux
De leurs trop pleins, allant
À l'attaque des rivières et des fleuves
Qui, suffoquant sous la masse de ces flots,
Explosent dans les plaines,
Les champs et les villages,
Emportant dans leur fougue
Les ouvrages que l'être humain
N'a su, ou pu préserver,
Se croyant aujourd'hui
Indéfectible et l'égal de Dieu.
Pauvres innocents,
Qui avez des yeux, et ne voyez pas,
Des oreilles, et n'entendez pas,
Combien d'épreuves faudra-t-il
Vous faire subir,
Pour qu'enfin vous compreniez
Que Dieu a créé la nature avant l'être ;
Sans elle,
Incrédules que vous êtes,
La terre
Ne serait plus qu'un astre désert.

Sommaire

Pages

.../...

…/…